Freddy Leon

Katzengeschichten aus Lanzarote

Freddy Leon (in Deutschland geboren und aufgewachsen) lebt schon viele Jahre auf seiner Trauminsel Lanzarote. In der im Süden gelegenen Stadt Playa Blanca kümmert er sich tagtäglich um das Wohlbefinden vieler ihm liebgewonnenen Straßenkatzen.

FREDDY LEON

Katzengeschichten aus Lanzarote

Viele lustige Geschichten über, mit und von Katzen

© 2017 Freddy Leon
Satz und Layout: Buch&media GmbH, München
Umschlaggestaltung: Johanna Conrad, Augsburg, unter Verwendung eines Fotos von © bortnikau, fotolia.com
Die Bilder im Innenteil stammen alle von Ramona Meili, Schweiz
Herstellung und Verlag: BoD – Books on Demand
ISBN 978-3-7431-2204-8
Printed in Germany

Es war einmal …

so beginnen die meisten Märchen.
Hier aber haben die erzählten Geschichten
einen wahren Hintergrund.

Inhalt

Gekommen, um zu bleiben 9

Die Ankunft 11
    Der kleine Vogel mit dem Sonnenhut 25

Eine neue Freundin 28

Die Busfahrt 34

Der Streuner 38

Miau, miau ... ein Gedicht von Kater Rin 40

Rin Kater (das weiche, kuschelige Fell) 42

Die blaue Kugel 44

Die Siamkatzen Donna und Bella 46

Gekommen, um zu bleiben ...

Lanzarote – eine mystische, unglaublich schöne Insel im Atlantik. Das muss Freddy gedacht haben, als er das erste Mal hier war.
Das denken auch die Touristen, die jedes Jahr wiederkommen. Für mich ist Lanzarote wie eine zweite Heimat. Aber diese schöne Seite hat auch eine andere ... Läuft man abends aufmerksam an der Promenade entlang, wird man viele Katzen sehen, die auf etwas warten ...
1994 ist Freddy nach Lanzarote gekommen und geblieben. Der Start war etwas holprig, aber er gab nie auf und entdeckte seine Liebe zu den Katzen.
Eine alte Dame versorgte damals die Tiere am Strand, und als sie aus gesundheitlichen Gründen die Insel verlassen musste, bat sie Freddy, sich um die Katzen zu kümmern.
Das war der Beginn von »Freddy's Cathouse«. Bis heute kümmert er sich aufopfernd um die Straßenkatzen und kennt jedes Tier mit Namen. Immer wieder kommen neue dazu ... es hat sich wohl herumgesprochen, dass sie hier gut versorgt werden.
Freddy hat so viel in Playa Blanca erreicht und wir, die Katzenfreunde, sind ihm sehr dankbar für seinen unermüdlichen Einsatz. Freddy braucht jede Unterstützung und nimmt Hilfe dankbar an.
Mittlerweile durften schöne Futterstationen aufgestellt werden, die von deutschen Katzenfreunden mit viel Liebe gezimmert wurden. Viele Urlauber versorgen während ihres Aufenthalts auf der Insel die Katzen an ihren Stationen und nehmen dafür wunderschöne Erinnerungen mit nach Hause. Manchmal auch einen ihrer Lieblinge. Wir kennen sie alle: Marylin, Tiger, Tiger 2, Debbie, Dana, Fin und Fefe, die Fluffys, Clare, Miranda (die sich als Mirando entpuppte), Luisa, Oskar, Pünktchen, Dolly und Daisy Family, und natürlich Prinz. Unvergessen sind auch die Fellnasen, die über den Regenbogen gegangen sind.
Sie alle haben Dank Freddy eine Zukunft bekommen.

Wir können die Welt nicht retten, aber die Zukunft der Katzen in Playa Blanca sichern. Auch Kleinigkeiten haben ihren Wert, denn neben Futter ist auch medizinische Hilfe notwendig sowie Kastrationen.

Ich habe Freddy als herzlichen und unglaublich engagierten Menschen kennengelernt. Immer auf Tour im Namen der Katzen, unermüdlich, Tag für Tag.

Mein Sohn hat mit meinen Bildern und mithilfe meiner Erzählungen ein Fotobuch als Erinnerung an Playa Blanca angefertigt und meine Gedanken in wunderschöne, treffende Worte gefasst:

> *Die Eindrücke, die ich gesammelt habe,*
> *sind das Werk eines großartigen Menschen,*
> *der es nicht immer leicht in seinem Leben hatte.*
> *Nun hat er seine Bestimmung gefunden:*
> *Er ist der Katzenpapa.*

Danke für deine tolle Arbeit!

Über die Jahre hinweg hat Freddy viel mit seinen Tieren erlebt und wenn Katzen schreiben könnten, würden das hier vielleicht ihre Geschichten sein ...

Mal lustig, mal nachdenklich, und so mancher Zweibeiner wird sich vielleicht in den Erzählungen ein bisschen wiedererkennnen.

Mit diesem Büchlein hat der Leser Freddys Katzen aus Playa Blanca auch ein bisschen bei sich zu Hause ...

Carmen Wegele, Deutschland

Die Ankunft

Es war einmal auf einer wunderschönen, nahezu paradiesischen Kanareninsel – sie heißt Lanzarote –, die vor der westafrikanischen Küste im Atlantischen Ozean liegt …

… ein angenehmer, sommerlicher Tag. Ein großes Kreuzfahrtschiff, von Europa kommend, fuhr gerade (ich glaube mich zu erinnern, dass es sogar aus Deutschland stammte) in den Hafen von Lanzarote ein.

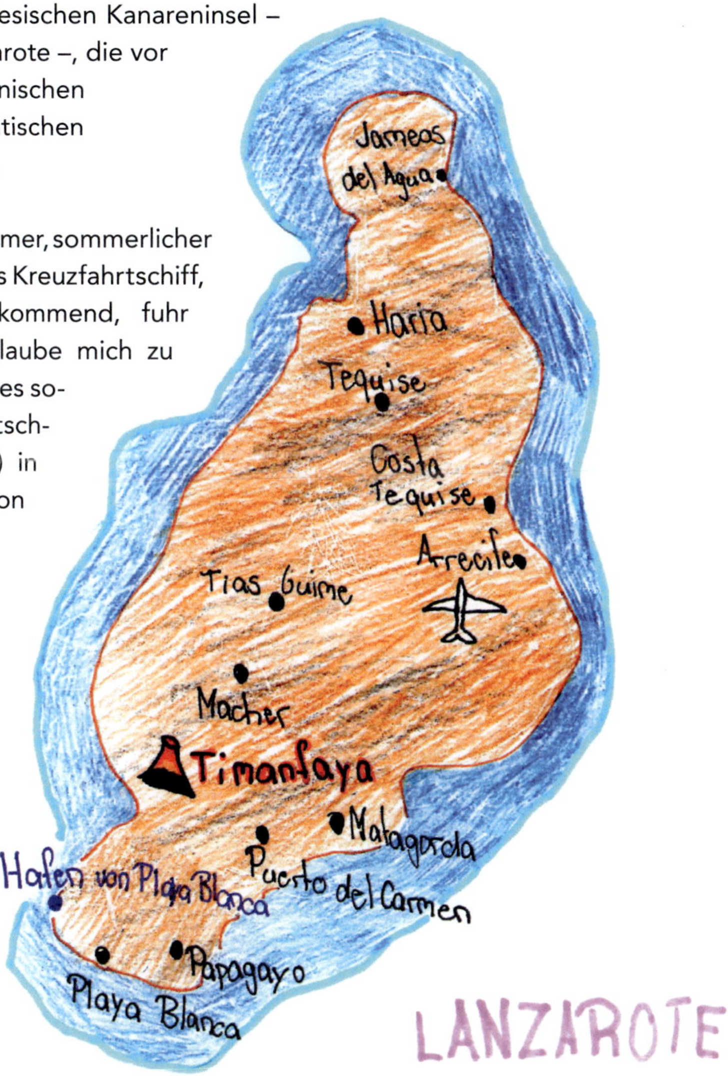

Zahlreiche Passagiere befanden sich an Bord und einige von ihnen verließen das Schiff, um sich die Inselhauptstadt Arrecife anzusehen. Bei diesem Getümmel und Getöse hatte kein Mensch bemerkt, dass auch zwei Katzen auf leisen Samtpfötchen das Schiff verlassen hatten. Cinderella und Bertolino versteckten sich zunächst hinter einem Lastwagen, um die vielen zweibeinigen Gestalten um sie herum etwas genauer betrachten zu können.

Sie hofften, einen Menschen ausfindig zu machen, der etwas Essbares wegwarf. Denn Cinderella und Bertolino verspürten einen riesigen Katzenhunger, schon seit Stunden hatten sie das Schiff nach Fischresten und sonstigen Lebensmittelresten »abgeschnuppert«. Leider ohne Erfolg. Jetzt machte sich ein Hungergefühl bemerkbar, welches bei Bertolino schon Magen- und Bauchschmerzen verursachte.

Cinderella sah ihren Freund besorgt an und sagte: »Miau, miau! Bertolino, bleib du hier im Versteck. Ich gehe mal die Nachbarschaft untersuchen, vielleicht finde ich ja in einem Abfalleimer etwas Leckeres für uns … miau, miau!«

Und mit diesen Worten verschwand die schwarz-weiß-gemusterte Katze. Bertolino, der gar nicht gerne alleine blieb, drückte sich eng an einen Lastwagenreifen und schlummerte ein.

Lautes Autohupen und Menschengeschrei, das von zwei wild gestikulierenden älteren Damen stammte, weckten Kater Bertolino. Mit noch nicht gänzlich geöffneten Augen konnte er sehen, wie sich seine Katzenfreundin zwischen mehreren Autos hindurch auf sein Versteck zubewegte. Bertolino freute sich riesig, Cinderella mit einem dicken Hähnchenknochen zwischen den Zähnen wiederzusehen. Es war ein leckerer Imbiss genau zur rechten Zeit.

»Bertolino, komm jetzt!«, miaute Cinderella dem Kater ungeduldig zu, der sein Stück Fleisch schon längst verputzt hatte und sich immer noch über das Mäulchen schleckte. Gemeinsam machten sie sich auf den Weg, auch sie wollten sich in der Stadt ein wenig umsehen.

In der Nähe des Stadtparks trafen sie eine Katzenmami, die vor Kurzem drei junge Kätzchen bekommen hatte. Diese Katzenmami war sehr stolz auf ihre Kinder und erzählte Cinderella und Bertolino: »Miau miau, ich habe meinen kleinen Samtpfoten erst vor wenigen Tagen einen Namen gegeben.« Das eine Kätzchen war – bis auf wenige schwarze Flecken am linken Vorderpfötchen – schneeweiß und hatte den Namen »Schneeflocke« erhalten. Das andere war gänzlich schwarz und hatte seine Mama zu dem Namen »Holzkohle« inspiriert. Es war lustig, den jungen Kätzchen beim Herumtoben zuzuschauen.

Aber da war ja noch das dritte Kätzchen. »Miau, miau«, seufzte die Katzenmami, »ich finde für mein drittes Baby keinen geeigneten Namen!«

»Warum nicht?«, fragte Bertolino. Anstelle der Katzenmami antwortete Cinderella: »Miau, miau … wahrscheinlich, weil das Fell des Kätzchens eine sehr seltene Farbe hat!«

»So ein Blödsinn.« Bertolino schüttelte den Kopf. »Nenn es doch einfach Baby!«

Und nun, wo alle Kätzchen – natürlich nur mit der Hilfe von Bertolino – einen Namen hatten, verabschiedeten sie sich voneinander.

Die große Kirche in der Innenstadt von Arrecife erreichten Cinderella und Bertolino genau zum Glockenschlag der vollen Stunde. Jetzt mussten sie sich entscheiden: Wollten sie auf der Insel bleiben, oder aber zurück zum Hafen, um mit dem Schiff, welches in einer Stunde ablegen sollte, weiterzufahren? Beide schauten sich um, sahen die tollen Palmen, Kakteen und blühenden Blumen und Cinderella miaute: »Es ist so wunderschön hier, bitte lass uns auf dieser Insel bleiben!«

»Miau, miau … oh, wie gerne!«, antwortete Bertolino.

Sie spazierten weiter, um schon nach wenigen Minuten einen Pausenplatz unter einer Dattelpalme zu finden. Cinderella hatte die Idee, Bertolino eine kleine Geschichte zu erzählen.

»Miau, miau … das ist die Geschichte von drei kleinen Zwergen. Jeden Morgen gehen die drei fleißigen Zwerge Pitty, Patty und Rocky zur Arbeit. Sie müssen weit laufen, um die Sandstrände zu erreichen, wo sie nach wertvollen Olivin-Steinen suchen. Es war an einem warmen Tag – einem wirklich sehr, sehr warmen –, als die drei Zwerge auf ihrem Weg zur Arbeit eine kleine Katze fanden.

Pitty fragte: »Na, was ist denn hier passiert?«

Und Patty wunderte sich: »Was ist geschehen?«

Schließlich war Rocky zu hören: »Dürfen wir helfen?«

Das Kätzchen sah voller Hoffnung zu den drei kleinen Zwergen auf und stöhnte: »Ach, seht nur her, ich habe mir meine Pfote an einem scharfen Stein blutig gestoßen und sie ist stark angeschwollen. Helft mir doch!«

Die Katze hatte genau die Richtigen um Hilfe gebeten. »Selbstverständlich!«, sagte Pitty.

Patty nickte zustimmend. »Wir helfen immer gern.«

Und Rocky sagte: »Ich weiß, was hier zu machen ist!«

Sofort erklärte Rocky seinen Zwergenfreunden den Plan.

»Als Erstes stellen wir mal eine Trage für das Kätzchen her!«

Pitty, Patty und Rocky arbeiteten flink und schnell und hatten im Nu für das verletzte Kätzchen eine Trage gebaut.

»Jetzt bringen wir dich zu deinen Eltern!«, rief Pitty.

Die Zwerge halfen der kleinen Katze auf die Trage und schleppten sie in die Nähe ihrer Katzeneltern – diese wohnten in einem Garten am Stadtrand. »Miauuuu, miauuuuuuu, miauuuuuuuuuuuu« – so hörte sich das Gejammer des verletzten Kätzchens an. Als die Katzeneltern, Roberta und Carlos, das hörten, liefen sie den Vieren entgegen. Tränen vor Schmerz, aber auch vor Freude darüber, endlich wieder bei seinen Eltern zu sein, rollten dem Kätzchen über die Wangen.

»Miau, miau! Vielen Dank euch lieben Zwergen für die Hilfe!«, sagte der Katzenpapa. Die Katzenmama schenkte Pitty, Patty und Rocky jeweils ein Katzenküsschen – sie war überglücklich über die Rückkehr ihres kleinen Katzenlieblings.

Unser kleiner Kater Bertolino war während des Erzählens der Zwergengeschichte fest eingeschlafen. Cinderella hatte es gar nicht bemerkt. Aber auch sie war müde geworden und so schliefen und träumten sie nebeneinander unter der Dattelpalme bis zum nächsten Morgen.

Nach ihrer Katzenwäsche – kurz nach Sonnenaufgang – machten sich die beiden Samtpfoten wieder auf den Weg. Bertolino und Cinderella zog es aus der Stadt hinaus, sie wollten ein Wohlfühlplätzchen für sich finden.

Am Rande eines kleinen Dorfs trafen sie eine Katzenfamilie, die unter einem alten Kaktus lebte. Der alte Katzenpapa und seine Frau, die Katzenmama, waren sehr glücklich und zufrieden, denn – so erzählten sie – alle ihre Katzenkinder waren schon verheiratet und hatten eigene Katzenfamilien gegründet. Die Katzeneltern hatten selbst aber auch noch kleine Kätzchen – ein Mädchen und zwei Jungen. Einer von ihnen hieß Paul, er war frech und vorlaut. Am Tag spielten die Katzenkinder Fangen oder Verstecken. Am Abend, wenn die Sonne langsam unterging und es kühler wurde, krochen sie in ihr »Katzenhaus« und wärmten sich aneinander, bis sie eingeschlafen waren. Dann träumten sie von Hähnchenfleisch und Thunfisch und manchmal geschah es sogar, dass eines der jungen Kätzchen im Schlaf kaute und schmatzte. Paul aber träumte nicht von irgendwelchen Leckereien, sondern von einem kleinen Vogel:

Der kleine Vogel mit dem Sonnenhut

Die Vogeleltern hatten schon viele Kinder und dennoch war es jedes Mal eine riesige Freude, wenn die Eierschalen langsam zerbrachen und die Jungen ausschlüpften. Auch jetzt waren alle sehr aufgeregt … aus den Schalen der Eier waren Geräusche zu hören.

Nur ein Ei blieb bis zum Schluss ganz. Verwundert hüpften die Vogeleltern um das Ei herum. Sie betrachteten es von allen Seiten. »Was ist denn mit dem los, piep, piep?«, fragte der Vogelpapa seine Frau.
»Müssen wir da etwa nachhelfen?«
»Vielleicht ist die Schale zu dick und kann von unserem Baby nicht aufgebrochen werden?«, piepste die Vogelmama und sah ihren Mann verzweifelt an.

»Schon gut, schon gut. Ich habe ja verstanden«, entgegnete der Vogelpapa und begann vorsichtig, mit seinem Schnabel auf dem Ei herumzuhacken. Die Vogelmama half ihm dabei und dann ... ja, dann endlich zerbrach die Eierschale.

»Aber was ist denn das?«, zwitscherte die Vogelmama ihrem Mann zu. Verwundert blickten die beiden auf ein kleines Vogelbaby mit einem Sonnenhut auf dem Kopf.

Die Eltern schauten sich an und schüttelten ihre Vogelköpfchen vor Verwunderung, aber auch Freude über dieses außergewöhnliche Vogelbaby.

Unser Jungkater namens Paul, der diese Geschichte geträumt hatte, wachte auf. Dieser Traum von dem kleinen Vögelchen hatte in ihm ein Hungergefühl ausgelöst und mit großem Appetit stürzte sich der kleine Kater nun auf das restliche Abendessen.

Aber was ist aus den neuen Lanzarote-Bewohnern Cinderella und Bertolino geworden? Wie geht es ihnen?
   Sie hatten sich von dieser unter dem alten Kaktus lebenden Katzenfamilie verabschiedet und begaben sich erneut auf die »Wohnungssuche«.
   Und sie hatten viel, viel Glück. Sie fanden nämlich in der Nähe eines Dorfrestaurants ein tolles Heim: eine alte verlassene Hundehütte – ganz aus Holz. An einer Stelle hatte das Dach zwar ein kleines Loch, aber das war nicht weiter schlimm; und außerdem regnet es auf Lanzarote ja nicht so häufig. Und so lebten sie – schließlich endet auch die Geschichte wie ein Märchen – glücklich und zufrieden.

Eine neue Freundin

Rin, Tin und Tan – drei kleine Katzen – wachten fast gleichzeitig auf …

… die Mitarbeiter der Müllabfuhr hatten mit ihrem lauten Geklapper und Geschepper die Mülltonnen geleert und dadurch die Katzen aufgeweckt.

Jeden Morgen, bis auf die Sonntage natürlich, leerten Müllmänner die mit Plastikflaschen, Papier, Lebensmittelresten und so weiter übervollen Abfalleimer.

Nicht nur an der Strandstraße von Playa Blanca (so heißt die Stadt im Süden der Kanareninsel Lanzarote), sondern auch in den vielen Hotels und Bungalowparks kam eine Menge Abfall zusammen.

Jetzt konnte es nicht mehr lange bis zum Sonnenaufgang dauern.

Unsere drei kleinen Samtpfoten Rin, Tin und Tan verspürten – wie sollte es auch anders sein – ein kräftiges Hungergefühl.

»Miau, miau«, hörte man Tan. »Kommt, lasst uns nach einem leckeren Frühstück suchen!«

Rin und Tin folgten Tan über die Terrasse des Hotels »Hesperia Playa Dorada« in Richtung Katzenhaus, welches weiter hinten im Garten stand.

Ganz offensichtlich war Freddy Leon (der große, zweibeinige Katzenfreund) noch nicht da gewesen, denn die Wasser- und auch die Futterschale waren leer.

»Also dann, weiter!«, knurrte Rin. Die drei Katzen marschierten weiter zur Futterstation »Salzmühle«. Dort war noch Süßwasser in einer Schüssel vorhanden und Tin fand auch noch einige Knabbereien an Trockenfutter. Er konnte also schon ein kleines Frühstück zu sich nehmen.

»Miau, miau ... folgt mir zur Brückenstation«, kommandierte Tan. »Dort werden wir sicher unser Frühstück finden.«

Schon nach wenigen Minuten erreichten unsere kleinen Leckermäulchen die nächste Futterstation, die auch unter dem Namen »Freddy's Cathouse« vielen Katzen bekannt war.

Was aber bewegte sich denn dort zwischen den Schälchen?

»Hallo, du da … das ist unser Futter!«, schrie Rin empört.

»Miau, weg da … miau, miau!«, war von Tan zu hören.

»Nun gebt aber mal Ruhe, miau … das ist doch nur eine Maus.« Tin versuchte seine Brüder zu beruhigen.

Die winzige Maus stellte sich auf ihre Hinterfüße und fiepte: »Ich bin es doch nur … Yolanda Maus ist mein Name, und ich habe auch Hunger!«, verteidigte sie sich.

Die Katzen hatten die kleine Maus zunächst misstrauisch beäugt, jetzt gaben sie sich aber einen Ruck und stellten sich diesem kleinen Eindringling vor. Normalerweise haben Mäuse große Angst vor Katzen. Yolanda Maus aber trat den drei Katzenjungs selbstbewusst und freundlich gegenüber. Sie streckte ihr rechtes Vorderpfötchen zur Begrüßung der Katzen in die Höhe.

Rin, Tin und Tan antworteten im Chor »Miau, miau … einen schönen guten Morgen wünschen wir dir, Yolanda Maus.«

Sie hatten Freundschaft geschlossen und genossen gemeinsam ein fantastisches Frühstück.

Die Touristen, die auf ihrem Weg zum Strand oder in die Stadt waren und an den Tieren vorbeikamen, freuten sich über die vier putzigen Tierchen, die sich so gut verstanden.

Die Busfahrt

An diesem Sonntag warteten fünf Busse im Hafen von Playa Blanca, um die vielen Touristen zum »Bauernmarkt« nach Teguise zu bringen.

Unsere drei kleinen Freunde auf vier Pfoten – ihr kennt sie ja schon mit Namen: Rin, Tin und Tan – hatten die Nacht in der Nähe des Hafens verbracht.

Jetzt, wo sie in »Freddy's Cathouse« ein gutes Frühstück zu sich genommen hatten, lagen sie unter einem geparkten Auto im Schatten. Sie beobachteten eine Familie aus Deutschland, die ihnen aufgefallen war, und Rin schnurrte: »Miau, miau ... seid mal ganz leise. Der alte Mann dort erzählt dem kleinen Mädchen gerade eine Geschichte. Hören wir doch mal zu.«

Unsere kleinen Tiger lauschten mit gespitzten Ohren folgender Geschichte:

»Als ich klein war«, so begann Opa Erich zu erzählen, »da gab es noch nicht so viele Autos, sie sahen auch ganz anders aus und fuhren viel langsamer als heute. Und so schöne und bequeme Busse, wie diese dort, gab es gar nicht. Auch kann ich mich daran erinnern, dass mein Vater und meine Mutter niemals ohne Hut und Handschuhe aus dem Haus gingen. Unsere Küche war sehr groß, aber wir hatten keine Geschirrspülmaschine, keine Mikrowelle und keine Zentralheizung. Ja, ich weiß noch ganz genau, dass die Backbleche und die vielen Kochtöpfe immer glänzten und funkelten. Ich bin auf einem Bauernhof aufgewachsen und Traktoren und Mähmaschinen hatten meine Eltern nicht. Sie machten die viele Arbeit noch mühsam mit der Hand. Ferien und Urlaub, so wie du heute, liebe Wiebke« – das war der Name des kleinen Mädchens – »kannten wir nicht. Damals war es modern, eine blasse Haut zu haben;

vor der Sonne schützte man sich mit Sonnenhüten aus Stroh. Und die Spielsachen, die du hast … ich meine deine Playstation und auch dein Handy … ja, die hatten wir nicht. Aber wir haben sehr gerne mit Glasmurmeln gespielt und die Mädchen in der Nachbarschaft besaßen hübsche Puppen mit echten Haaren.«

»Welch ein Glück, Opa Erich, dass du zu der Zeit leben durftest. Alles war wohl viel schöner als heute!«, schwärmte Enkeltochter Wiebke mit großen, glänzenden Augen.

In diesem Moment öffneten sich die Türen der Busse und Rin, Tin und Tan sahen, wie die Touristen, einschließlich Opa Erich und Enkelin Wiebke, einstiegen.
 Vorsichtig und unbemerkt schlichen sich die drei kleinen Katzen an den Bus heran, in den der Großvater und Wiebke verschwunden waren.
 »Miau, leise und vorsichtig sein, miau!«, mahnte Tan.
 »Ob wir auch einsteigen sollten?«, überlegte Tin.
 Rin war bereits in den Bus gesprungen und gab das Kommando: »Los jetzt, rein mit euch!«

Die Türen wurden geschlossen und der Bus setzte sich in Bewegung.
 Eine Busfahrt war für unsere kleinen Freunde etwas ganz Neues und sehr aufregend. Sie hatten sich unter der hintersten Sitzbank verkrochen.
 Flüsternd und ein wenig nervös fragte Tin: »Und was machen wir jetzt, miau?«
 Tan knurrte zurück: »Leg dich hin, bleib ganz ruhig und genieße die Fahrt mit dem Bus!«

Die Stimme, die sie jetzt wahrnahmen, kam ihnen bekannt vor, richtig … der Großvater erzählte seiner Enkeltochter noch weitere Geschichten aus seiner Kindheit. Aber die genauen Worte waren wegen der Motorengeräusche des Busses nicht zu verstehen.
 So genossen Rin, Tin und Tan das Geschaukeltwerden und ein angenehmes Vibrieren unter ihren Körpern.
 Nach über einer Stunde Fahrt stoppte der Bus. Die Türen öffneten sich

und sofort sprangen unsere drei kleinen Freunde heraus. Sie suchten Schutz unter einem Kaktus.

Die Reiseleiterin war nach ihnen aus dem Bus gestiegen und versuchte die Schar neugieriger Touristen, die kreuz und quer durcheinanderliefen, über die Abfahrt zu informieren: »Bitte, liebe Gäste, seien Sie pünktlich zur Rückreise wieder am Bus, Abfahrt von hier ist um vier Uhr, wieder an diesem Parkplatz. Ich wünsche Ihnen einen schönen Aufenthalt hier in Teguise und viel Spaß auf dem Markt. Also, bis später!«

Der Streuner

Ich darf mich euch, liebe Tierfreunde, vorstellen. Ich bin ein Katzenmann, also ein Kater. Mein Name ist »Fauchi« und ich lebe auf der Kanareninsel Lanzarote; in Playa Blanca.

Mit mir schnurren und miauen noch fünf weitere Katzen im Unterschlupf. Meine Mitbewohner heißen: Rin, Mikki, Annabello, Donner und »Herr Bäcker« – ein alter und weiser Siam-Perser-Mischlingskater.

Mit dem Heranschaffen von Frischwasser und dem täglichen Futter haben wir schon vor Monaten einen Menschen »beauftragt«. Dieser Mensch – er hat nur zwei Pfoten, dafür aber große – hat den Namen »Freddy« und mag uns Katzen sehr … das bedeutet: Er füttert uns nicht nur, sondern spielt und kuschelt mit uns, streichelt uns regelmäßig. Wir fühlen uns wohl bei und mit ihm.

Sechs Samtpfoten sind wir also dort, im Haus in einer Siedlung, und in der Nachbarschaft haben noch viele andere Katzen ihre Schlaf- und Futterplätze gefunden.

Ich streune und schleiche sehr oft in meinem Revier herum. Gerne besuche ich dabei die vielen Nachbarskatzen. Wir spielen Verstecken, Fangen und genießen das tolle Wetter hier. Es ist einfach traumhaft schön, sich unter Palmen und Kakteen liegend das Fell von der Sonne wärmen zu lassen … meistens döse ich dabei ein und träume dann von schmackhaften Mäuschen oder großen Dosen Thunfisch.

Vor wenigen Tagen habe ich auf einer meiner Streunerrunden eine wirklich süße, noch sehr junge schwarz-weiße Katze beobachtet. Sie versuchte auf eine Mauer zu springen, um das dort liegende Futter verspeisen zu können. Es war lustig mitanzusehen, wie oft dieses kleine Ding Anlauf nehmen musste, um schließlich auf die Mauer zu gelangen. Genüsslich knabberte sie dann an dem von Katzenfreunden hinterlassenen Trockenfutter. Auch das in einer kleinen Schüssel vorhandene Wasser schlabberte sie mit großer Freude.

Mit einem lauten Fauchen machte ich die Schwarz-Weiße auf mich aufmerksam und hörte: »Miau, miauuuuu …! Warum streunst du hier herum und störst mich beim Fressen, miau? Willst du was von mir?«

Ich antwortete: „Miauuuuu, miauuuuu, mein Name ist Fauchi und das hier ist mein Revier! Klar, miauuuu?«

Das süße Kätzchen hatte ich wohl zu laut angefaucht, denn plötzlich schaute es verschreckt und machte Anstalten, fortzulaufen. Leiser schnurrte ich deshalb: »Miau … ich habe dich schon einige Zeit beobachtet und ich finde dich ganz nett! Sollen wir gemeinsam durch mein Revier streunen?«

Das schwarz-weiße Samtpfötchen willigte ein. Wir waren mehrere Stunden gemeinsam unterwegs, ich stellte sie einigen meiner Katzenfreunden vor, denn ich war – miau, miauuuuu – ein wenig stolz darauf, mit einer so gutaussehenden Katze »spazierengehen« zu dürfen.

Erst lange nach Sonnenuntergang verabschiedeten wir uns. Natürlich haben wir für den kommenden Tag gleich wieder ein Treffen vereinbart.

Heute – viele Monate später – ist die süße Katze (ihren Namen verrate ich euch nicht) zu meiner besten Freundin geworden. So oft wir können, sind wir zusammen und spielen miteinander. Einfach schön! Ich genieße mein Katerleben!

Miau, miau … ein Gedicht von Kater Rin

Die Blätter sind bunt und fallen herab.
Ich, der Kater Rin, werde träge und fühl mich ganz schlapp.
Kommt Freddy mit dem Futter um die Ecke,
freu ich mich und laufe schneller als jede Schnecke.
Langsam kommt seine Hand und streichelt mich mit Bravour,
aber bitte mit Vorsicht und Gefühl – besonders an meinem Ohr.
Die Küchentür geht auf, ich steh voll im Regen,
aber was soll's, ich wollte mich ja bewegen.
Jetzt schleiche ich lustlos hinter Freddy her,
in Gedanken wünschte ich, es regnete nicht mehr.
Artig hebe ich mein Köpfchen und kontrolliere mein Revier.
Ich darf das auch, denn ich bin ja ein Tier.
Nun fällt der Regen, wie eine Wand so dicht,
ich werd immer nasser – ich armer Wicht.
Ein Auto braust vorbei und fährt durch die Pfütze,
jetzt bin ich patschnass, echt spitze.

Ich will jetzt nach Hause und miaue,
doch Freddy reagiert nicht … er hat auch schlechte Laune.
Miau, miau … welch ein Katerleben,
für ein trockenes Plätzchen würd ich jetzt alles geben.
Doch endlich hat die Qual ein Ende,
ich steh vor der Küchentür, meine Katermiene spricht Bände.
Jetzt nimmt mich Freddy auf den Arm,
er trägt mich ins Haus – mir wird ganz warm.
Liebevoll werde ich von ihm trockengerubbelt,
und da – noch einmal richtig geknuddelt.
Mit »Fisch an Weißweinsoße« in der Schnute,
ist mir schon viel besser zumute.
Dann kuscheln Peter (er ist zu Besuch gekommen)
und ich noch eine tolle Runde,
das nenn ich eine »Happy-Kater-Stunde«!

Rin Kater (das weiche, kuschelige Fell)

Rin Kater hatte in der vergangenen Nacht keinen Schlaf finden können. Zu viele Touristen waren in der Nähe seines Katzenhauses spazieren gegangen.

»Habe ich ein Glück«, dachte er, »dass ich ein Kater bin und mich mit meinem weichen, kuscheligen Fell überall zum Schlafen hinlegen kann.«

»Huch, was war das für ein Geräusch?« Rin Kater stand wieder auf und lauschte. Das Geräusch kam von einem Igel, der ganz in der Nähe von Rins Schlafstelle unter einem Oleanderstrauch schnüffelte.

»Du musst dir ein weiches, kuscheliges Plätzchen suchen«, riet Rin Kater ihm. »Ich habe ja ein weiches, kuscheliges Fell und kann überall schlafen. Du aber hast Stacheln und musst dir erst noch das richtige Plätzchen suchen.«

Er war stolz auf den klugen Rat, den er Antonio Igel gegeben hatte, und fügte hinzu: »Schlafe gut, lieber Igel, und träum etwas Schönes.«

»Rin Kater hat recht«, überlegte Antonio Igel. »Ich werde mir ein weiches, kuscheliges Plätzchen suchen.«

Er hatte wohl laut vor sich hingedacht, denn Oliver, der braun-weiße Hund, der gerade des Weges kam, fragte: »Warum möchtest du denn ein weiches Plätzchen finden?«

»Um zu schlafen«, antwortete Antonio Igel und erzählte Oliver Hund, was Rin Kater gesagt hatte.

»Das ist eine gute Idee«, sagte Oliver Hund. »Ich werde dir helfen. Ich habe zwar selbst ein kuscheliges Fell, aber schließlich kann man nie weich genug liegen.«

Kaum waren Antonio Igel und Oliver Hund losgelaufen, begegnete ihnen Cindy Schwan. »Hallo, Schwan, kannst du uns vielleicht helfen?«,

sprach Oliver Hund den Schwan an. »Wir suchen ein weiches, kuscheliges Plätzchen.«
Sie erzählten dem majestätischen Vogel von dem Rat, den Rin Kater Antonio Igel gegeben hatte.
»Das ist eine fantastische Idee«, schnatterte Cindy Schwan. »Und ich habe Zeit, deshalb werde ich euch bei der Suche unterstützen.«

In der Zwischenzeit hatte es sich Rin Kater an seinem neuen Schlafplatz gemütlich gemacht, als er plötzlich ein lautes Knacken hörte.
»Im Hotelgarten ist es heute aber auch sehr laut«, dachte er. »Was ist denn nur los?«
Doch auch die Unruhe im Hotelgarten hinderte Rin Kater nicht daran, kurz darauf einzuschlafen.

Als Rin Kater zum späten Nachmittag aufwachte, fühlte er, dass irgendetwas merkwürdig war, ganz anders als sonst.
Als er die Augen aufschlug, sah er, woran das lag: Antonio Igel, Oliver Hund und Cindy Schwan hatten sich zum Schlafen an ihn gekuschelt.
»Miau, miau«, lachte er. »Guten Tag alle miteinander!«

»Hola, guten Tag«, antwortete Antonio Igel ein wenig verlegen. »Wahrscheinlich wunderst du dich … nun ja, ich habe den anderen von deinem Rat erzählt und wir fanden ihn ausgezeichnet, aber … bei so vielen Touristen ist es nicht einfach, den richtigen Platz zu finden, und da ist mir eingefallen, dass du, lieber Rin Kater, gesagt hast, wie weich dein Fell ist. Also haben wir uns dich als Schlafplatz ausgesucht! Es war wirklich gemütlich.«
»Wunderbar kuschelig, weich und warm«, ergänzte Oliver Hund.
»Miau, miau … danke, meine Freunde«, schnurrte Rin Kater.
»Und nun, da wir alle so gut geschlafen haben, lasst uns zusammen essen«, schnatterte Cindy Schwan.
»Aber nur Fisch an Weißweinsoße!« Das war für Rin Kater ganz besonders wichtig.

Die blaue Kugel

Der Regen hatte aufgehört und die vielen Blumen und Pflanzen auf Lanzarote – hier in Haria, im Tal der 1000 Palmen – schüttelten sich vor Freude, denn jetzt konnten sie sich endlich wieder einmal von ihrer schönsten Seite zeigen. Die Sonne suchte sich bereits ihren Weg durch die letzten Regenwolken; es wurde angenehm warm.

Ein Sonnenstrahl kitzelte Mikki und Annabell an ihren Nasen. »Hatschi, miau! Hatschi, miau!«, ertönte es zweimal. Die beiden Kätzchen waren aus ihrem Mittagsschlaf aufgewacht.

»Die Sonne ist wieder da!«, miaute Annabell.

»Was ist los?«, fragte Mikki schlaftrunken, die Augen nur halb geöffnet.

»Du bist mir vielleicht ein Kater. Die Sonne spürt man doch, miau!«, knurrte Annabell. »Schau doch mal, was der Regen angestellt hat.«

Mikki beäugte die Umgebung und sah, wie schön der Regen die Straßen und Häuser vom letzten Kalima (heißer, aus Afrika kommender Sandsturm) saubergewaschen hatte. Der immer noch leicht verschlafene Kater konnte auch sehen, wie die Kakteen, Palmen, Sträucher und Blumen nach dem Regenschauer die letzten Tropfen abschüttelten und sich streckten.

»Oh, schau mal dort, das sieht ja toll aus!«, schnurrte Mikki und zeigte in Richtung der nahestehenden Dattelpalmen. »Die Blume dort hat aber ein außergewöhnliches Blau!«

Annabell lachte. »Du schläfst und träumst wohl noch … das ist keine Blume, sondern eine blaue Kugel!«

Nun machte sich Kater Mikki auf, um herauszufinden, was denn dort unter der Palme so wunderbar blau leuchtete und glänzte. Er war ein sehr neugieriger Zeitgenosse.

»Miau, miau«, rief Mikki. »Das ist ein blauer Ball und nicht einfach nur eine blaue Kugel!«

Er versetzte dem Ball einen kräftigen Schubs, sodass dieser direkt auf

Annabell zurollte. Kätzchen Annabell hatte sich blitzschnell auf die Seite gelegt und hielt den Ball mit ihren ausgestreckten Pfötchen auf. Sie verpasste ihm nun ihrerseits einen kräftigen Stoß mit ihren Pfoten. Der Ball kullerte in Richtung Kater Mikki zurück. Es war putzig, den beiden Samtpfoten beim Ballspiel zuzusehen.

Plötzlich hörten sie hinter sich eine piepsige Stimme: »Darf ich mitspielen?«
»Wer war denn das?«, fragte Annabell.
»Sieh mal da, dort auf dem Stein sitzt Yolanda Maus!«, rief Mikki.

Ein graues Mäuschen mit einem schwarzen Fleck auf dem Rücken und einem niedlichen Strohhut auf dem Kopf war zu sehen.

»Bitte, bitte … lasst mich doch mitspielen!«, piepste Yolanda Maus nochmals. Aber unsere kleinen Samtpfoten Mikki und Annabell wollten nicht mit einer Maus Ball spielen. Sie hatten einen ganz anderen Gedanken im Kopf, als sie das kleine Mäuschen erspähten. Und Kater Mikki warnte: »Hau ab, sonst fangen und fressen wir dich!«

Bei diesen Worten, die Yolanda Maus sehr genau verstanden hatte, flüchtete das kleine Mäuschen ins nächste Mauseloch. Sie war nicht mehr zu sehen.

Fast eine Stunde lang spielten Mikki und Annabell noch mit dem blauen Ball, bevor sie das Interesse verloren und ihn in einem Kartoffelfeld zurückließen. Unsere Samtpfoten waren vom Ballspielen sehr hungrig geworden. Sie machten sich deshalb auf den Weg nach Haria, um in den großen Abfallcontainern nach Essbarem zu suchen.

Die Siamkatzen Donna und Bella

Auf Lanzarote gibt es nicht nur schwarze Steine und Vulkane, sondern auch traumhaft schöne Sandstrände. Die Naturstrände im Park Papagayo gefielen den Siam-Kätzchen namens Donna und Bella ganz besonders gut. Sie liebten es, im feinen Sand herumzutollen und im Hintergrund das Aufschlagen der Wellen vom Atlantischen Ozean zu hören.

Am liebsten aber lagen Donna und Bella in kleinen Sandgruben und genossen die warmen Sonnenstrahlen. So auch heute.

Nach dem Sonnenbad verspürten die beiden Kätzchen Hunger. Sie wollten nach Hause. Als sie das Hotel »Papagayo Arena« schon fast erreicht hatten, hielt sie plötzlich etwas fest. Sie kamen nicht mehr vorwärts, sosehr sie sich auch anstrengten. Entsetzt stellten sie fest, dass sie in ein altes Fischernetz getreten waren. In diesem Moment gab es einen heftigen Ruck. Zusammen mit Donna und Bella, unseren süßen Samtpfoten, wurde das Fangnetz hochgerissen. Sie konnten gerade noch zwei Jungen erkennen, die nun das Netz in eine große Mülltonne warfen. Donna und Bella zitterten vor Angst, es war ganz dunkel um sie herum. Die beiden Jungen konnten sie nicht mehr sehen, aber sie hörten ihr lautes Lachen.

Es schien eine Ewigkeit zu dauern, bis keine Geräusche mehr um die Siam-Kätzchen herum zu hören waren.

»Miau, miauuu«, klagte Bella ängstlich. »Was ist denn mit uns passiert, miau?«

Donna antwortete: »Ich glaube, wir sitzen echt in der Tinte … miau! Wie kommen wir denn je wieder raus?«

Die Kätzchen bemühten sich, in dem dunklen Mülleimer erst einmal die Orientierung zu finden. Das Fangnetz lag auf den stinkenden Abfällen obenauf und der Deckel des Mülleimers drückte auf ihre kleinen Körper.

Donna, die mutigere der beiden Katzen, sagte mit fester Stimme: »Miau, wir leben noch, das ist die Hauptsache, und ganz bestimmt findet uns jemand, der uns hier herausholen kann. Bleib nur ruhig, miau!«

Am späten Nachmittag hörten die Kätzchen menschliche Stimmen. Sie bewegten sich nicht, hofften aber, dass es Touristen waren, die Abfälle in den Müllcontainer werfen wollten. Richtig! Ganz hell wurde es wieder im Abfallbehälter, als der Deckel hochgehoben wurde.

»Miau, miauuuu, miauuuuuu!« Donna und Bella machten auf sich aufmerksam. Tatsächlich schauten zwei Mädchen ganz genau in den Container … Klar, sie hatten das klägliche Katzengejammer gehört. Sie befreiten die beiden Jungkatzen aus dem Fangnetz und nahmen sie zärtlich in die Arme. Donna und Bella wurden gestreichelt und geschmust. Sie freuten sich unbändig über die zurückgewonnene Freiheit. Mit einem lauten Schnurren und einem kräftigen »Miau, miauuu« bedankten sie sich bei ihren Lebensretterinnen. Dann liefen sie Richtung Papagayo-Arena-Hotel davon.

Sie erreichten die Katzenstation von »Freddy's Cathouse«. Die Wasser- und Futterschüsseln waren wohl erst vor kurzer Zeit aufgefüllt worden, sodass Donna und Bella ihren Durst mit kühlem, frischem Wasser löschen konnten. Auch aßen sie sich richtig satt. »Miau, miau, miau … jetzt erholen wir uns von diesem Stress und ruhen uns erst mal richtig aus«, sagte Donna.

Unter einem wilden Oleanderstrauch legten sie sich nieder. Aneinander gekuschelt schliefen die beiden vor Erschöpfung sofort ein.

Entsprechen diese Katzengeschichten der Wahrheit oder habe ich sie erfunden? Finden Sie, liebe Leser, es heraus und besuchen mich auf meiner Webseite www.freddyscathouse.weebly.com

Freddy Leon, Playa Blanca, Lanzarote